Y

ÉPITRE

AU

XIX.me SIÈCLE.

A PARIS,

Chez PELLETIÉ, Imprimeur, rue Française,
N.º 3, division de Bon-Conseil,

*Où se vend la Relation des Expéditions
d'Egypte et de Syrie, de la bataille d'Aboukir
et de la reprise du fort de ce nom, par les
Troupes de la République Française, com-
mandées par le Général BONAPARTE,*

Brochure *in-*12 de 148 pages, dans laquelle
on rend compte de tous les Combats qu'il a
livrés depuis son départ de Toulon, jusqu'à
son retour en France.

―――――――――――

Prix : 75 cent. pour Paris; 1 f. pour les Départemens.

ÉPITRE

AU

XIX.me SIÈCLE,

Par le citoyen DESPREZVALMONT.

Se trouve chez tous les Marchands de nouveautés.

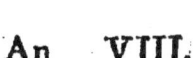

An VIII.

EPITRE

AU XIX.me SIÈCLE.

Expectemus.

O toi qui n'es pas né, mais qui brûlant d'éclore,
Des jours les plus brillans semble annoncer l'aurore;
Siècle que l'univers attend avec respect:
Que mon ame est émue à ton sublime aspect !
Perçant de l'avenir l'obscurité profonde,
Je te vois, écrasant les oppresseurs du monde,
Des peuples et des rois fixer l'autorité.
Fondé sur la justice et sur l'humanité,
Je vois sur tous les points s'étendre ton empire:
Prévoyant tes bienfaits, par-tout on les aspire.
Les mortels abbatus sous le poids de leurs fers,
Oublieront à ta voix les maux qu'ils ont soufferts.
L'enfant dans son berceau commençant sa carrière,
Et le vieillard qui touche à son heure dernière,
Appellent tour à tour tes rayons bienfaisans.
Ils attendent de toi les plus rares présens;
L'exemple des vertus, des talens, de la gloire,
Et le don plus heureux de les rendre à l'histoire.

Oui siècle, c'est à toi qu'est réservé l'honneur
D'apporter ici bas la paix et le bonheur,
D'assurer aux humains leurs titres légitimes,
Et d'adoucir le sort dont ils sont les victimes.

Qu'il sera beau ce jour où ce dieu fondateur,
Où de cet univers l'incréé créateur,
Perçant le voile épais dont son pouvoir l'enserre,
Te diras: « parais siècle, et commande à la terre! »

Que de larmes alors soudain s'arrêteront !
Que d'orgueilleux mortels en secret frémiront
De se voir dépouillés de leur haute puissance ;
De voir le crime altier aux pieds de l'innocence !
D'entendre la raison triomphante des rois,
Des peuples opprimés proclamer tous les droits,
Ramener tous les cœurs, qu'égarait l'imposture,
Au seul devoir qu'à l'homme a dicté la nature,
Celui d'aimer son frère, et pour mieux le servir,
De lui donner des loix, sans jamais l'asservir.

Que d'imposteurs alors rouleront dans la fange !
Mes yeux ne verront plus cet effrayant mélange
Des prêtres et des rois, du trône et des autels,
Monstre qui fit toujours le tourment des mortels:
L'auguste vérité que, par malheur, les hommes
Outragent si souvent dans le tems où nous sommes,
Les refoulera tou jusqu'au fond des enfers;
Le monde rougira d'avoir porté leurs fers,
Et maudissant leurs noms proscrits par la nature,
En transmettra l'horreur à la race future.

Et vous qui proscrivez ces prêtres et ces rois ,
Vous que le peuple appelle à maintenir ses droits ,
Ambitieux , chargés du pouvoir de vos frères ,
Qui vous faites un jeu d'aggraver leurs misères ,
Qui remplaçant les loix , par votre volonté ,
Ne mettez point de borne à votre autorité ;
Croyez-vous admirer ce siècle de lumière ?
Non , non , vous rentrerez aussi dans la poussière.
Votre sort est fixé : vous êtes tous perdus ;
Dans la foule des rois vous serez confondus ,
Et de vos noms flétris , l'exécrable mémoire ,
Des crimes des tirans ira grossir l'histoire.

Et vous dignes soutiens de ces hommes pervers !
Vampires , calculant les succès , les revers ,
Vous que la probité nullement n'importune ,
Qui n'avez d'autre dieu que l'aveugle fortune ,
Qui plastronés toujours d'un triple cœur d'airain ,
A votre soif de l'or ne mettez aucun frein ,
Vous, dis-je , scélérats , vous dont l'ame flétrie ,
Pompe pour aliment le sang de la patrie ,
Et qui toujours constans dans vos affreux moyens ,
Vous enivrez des pleurs de vos Concitoyens ;
Vous n'échapperez pas au destin de vos maîtres :
Les voleurs subiront le supplice des traîtres ,
Et sans aller comme eux à la postérité ,
Vous périrez l'horreur de la société.

Et vous lâches gardiens ! perfides mandataires !
De la force des loix , rusés dépositaires !

Caméléons couverts d'un manteau d'équité,
Qui ne sert qu'à masquer votre inhumanité;
Vous, qui faites haïr les loix conservatrices,
Vous, dont on n'entend pas les voix consolatrices
Répondre sans efforts, au cri du malheureux;
Qui, pour vos seuls amis, vous montrez généreux,
Qui torturant des loix le code respectable,
N'offrez qu'à l'innocent votre front redoutable;
Qui protégeant le vice et la corruption,
De la loi qui sévit arrêtez l'action;
Croyez-vous, insensés, conserver votre empire?
Non, non, vous passerez: à l'instant qu'elle expire;
Toujours la tyrannie écrase ses suppôts.

Et vous vils ennemis de la paix, du repos,
Eternels artisans des malheurs de ce monde,
Monstres dévorateurs, troupeau barbare, immonde,
Tortueux assassins des crédules mortels,
Vous, qui de la chicane encensez les autels,
Qui, pour mieux diviser, dépouiller vos victimes,
Opposez l'artifice à leurs droits légitimes,
Qui, vous nommant tout haut l'appui du défendeur,
Le vendez en secret à l'or du demandeur;
Vous, monstres, que l'enfer en ses accès funèbres,
A vomi parmi nous du séjour des ténèbres;
Malheureux, qui n'avez ni vertus, ni pitié,
Qui foulez tour à tour l'honneur et l'amitié,
Vous passerez aussi. Votre race fatale
Ira se réunir à l'ombre de Tantale,
Et le monde purgé de ses spoliateurs,
Reverra de la paix les jours consolateurs.

Et vous gens à la mode, orgueilleux, sans courage ;
Qui du vice insolent n'osant braver la rage,
Vous courbez chaque jour aux pieds de ce tyran,
Qui mollement suivez le cours de ce torrent,
Que la corruption, l'intrigue et l'imposture
Fait rouler à longs flots sur toute la nature,
Vous ne séduirez plus alors l'adolescent,
La sagesse rendra votre exemple impuissant ;
Et l'enfant, éclairé par un siècle prospère,
N'aura plus à rougir des écarts de son père :
Non, non, vils précepteurs, vous ne régnerez plus :
Vous vous épuiseriez en efforts superflus ;
Malgré vous, la vertu reprendra son empire,
Son sceptre s'étendra sur tout ce qui respire.
La modeste beauté tranquille en son séjour,
Ne découvrira plus ses appas au grand jour ;
A l'or d'un séducteur, qui rit de ses allarmes,
On ne la verra plus, prostituant ses charmes,
Oublier dans ses bras ses vertueux parens ;
Dans mille adorateurs chercher mille tyrans,
Souffrir de leurs baisers la révoltante étreinte,
Se vendre, au plus offrant, sans remords et sans crainte ;
Et fière d'étaler son impudicité,
Distiller son venin sur la société.
L'épouse à son époux constamment enchaînée,
De ses devoirs, jamais ne sera détournée ;
Unie étroitement à ses chers nourissons,
Et d'un monde trompeur méprisant les leçons,
Elle fuira par-tout votre horrible présence.
L'élégant et le fat, le fripon dans l'aisance,

Le langoureux tartuffe et l'adroit soupirant,
N'en obtiendront jamais un accueil différent ;
Aucun n'approchera de son seuil respectable;
De son humble vertu la garde redoutable,
Saura les écarter, les forcer au respect,
Et les faire rougir à son auguste aspect.

Et vous, qui du bonheur cherchez envain l'ivresse,
Malheureux, qui volez de maîtresse en maîtresse,
Qui, pressés froidement sur leurs cœurs corrompus,
Savourez le poison dont vous êtes répus,
Vous, qui loin de sentir la délicate flamme
Qu'un noble et pur amour fait seul naître dans l'ame,
Ne vous livrez jamais qu'à de honteux plaisirs,
Vous verrez mettre alors un terme à vos desirs ;
On vous fuira par-tout, lâches célibataires !
Gouverné par des lois sages et salutaires,
L'homme moins écarté du sentier de l'honneur,
Ne s'honorera plus d'être un vil suborneur,
N'ira plus arracher l'épouse à sa famille ;
Il saura respecter et la mère et la fille,
Et recherchant l'hymen, sans crainte et sans détour,
Il briguera l'honneur d'être père à son tour.

O siècle désiré, que je peins dans mes veilles !
C'est ta voix qui doit faire éclore ces merveilles,
L'univers les attend et tu tiens dans ta main,
La gloire, le bonheur, la paix du genre humain.

Hâte toi de paraître, ô siècle de lumière !
De rendre au monde entier sa dignité première,

De replonger lo vice en son affreux tombeau,
D'appeller la raison, d'animer son flambeau,
D'en épandre par-tout les vives étincelles.

Et vous jeunes amans des neuf chastes pucelles,
Ecrivains courageux, qui, par la vérité,
Désirez parvenir à la postérité,
Saisissez vos pinceaux; que le feu du génie
S'unissant dans vos vers, à la douce harmonie,
Prépare les bienfaits par ce siècle promis !
Ne formez entre vous qu'un seul groupe d'amis :
Qu'un seul et noble but à jamais vous rassemble,
Attaquez à la fois tous les vices ensemble ;
Frappez-les sans pitié. Que vos vers correcteurs,
Fassent dans tous les rangs trembler les corrupteurs.
Q'aucune opinion jamais ne vous divise ;
Que la paix soit toujours votre unique dévise ;
Laissez à guerroyer la médiocrité,
Batailler est son lot. C'est sa célébrité.
Mais vous que le génie en tous les tems enflamme,
Qui de son feu sacré sentez la noble flamme,
Passez-vous vos succès ainsi que vos revers.
Lorsque la vérité brillera dans vos vers ;
Qu'importe qu'un critique ignorant les censure !
De ce dogue édenté que vous fait la morsure ?
Quiconque a dit le bien, l'eut-il même écrit mal,
Est toujours au-dessus d'un semblable animal,
Et doit, sans s'écarter de sa route première,
Aux mortels égarés présenter la lumière.

Armez-vous donc , amis , de tous vos fouets vengeurs:
Attaquez fièrement tous ces vices rongeurs ,
Ces crimes impunis , ces voleurs domestiques
Qu'augmentent chaque jour nos troubles politiques,
Brisez le masque affreux qui cache leur laideur,
Montrez-les tels qu'ils sont. Sur-tout point de tiédeur.
Point de palliatifs , ni de lâche indulgence ;
D'un monde d'opprimés , c'est trahir la vengeance,
Que d'épargner le vice et de cacher ses traits ;
Il faut qu'il fasse horreur dans vos moindres portraits,
Qu'il puisse révolter quiconque le caresse ,
Et que du globe enfin le monstre disparaisse.

Jamais plus vastes champs ne vous furent ouverts !
Ici c'est l'hypocrite , et là c'est le pervers ;
Plus loin les corrupteurs de la crédule enfance,
Qui semble vous prier d'embrasser sa défense :
C'est sur vous que ses yeux timidement fixés ,
Cherchent la fin des maux dont ils sont oppressés.
Voyez dans ses regards , qu'obscurcissent les larmes ,
Ses craintes , ses desirs, son espoir, ses allarmes ,
Son vœu d'être arrachée à ses vils conducteurs.

Ah ! de l'enfance, amis , soyez les protecteurs ;
Guidez ses faibles pas et sa marche tremblante ;
Qu'elle entende toujours votre voix consolante
Lui tracer le chemin qui conduit à l'honneur ;
Qu'elle apprenne de vous qu'il n'est point de bonheur ,
Point de paix , de plaisirs sur la terre où nous sommes ,
Pour l'homme qui ne veut que le malheur des hommes ;

Et que, sans les vertus et sans humanité,
On a tort de prétendre à la félicité.

Montrez-lui bien, sur-tout, dans vos tableaux fidèles,
Les gens qu'elle doit suivre, et prendre pour modèles ;
Arrachez-la sans cesse à ces nombreux travers,
Qu'on cultive aujourd'hui dans ce monde pervers....!

Mais, que fais-je ? insensé ! j'outrage le génie :
Douter de vos moyens, est une calomnie !
C'est à tort qu'en mes vers, sans force et sans pouvoirs,
J'ose m'associer à vos nobles devoirs :
Bien mieux que moi, sans doute, aveugle en mon délire,
Vous parlerez aux cœurs enchantés de vous lire,
Et du vice écrasé terminant les succès,
Vous rendrez la vertu familière au Français.

Oui ! siècle lumineux, qu'attend déjà l'histoire,
Des fils dignes de toi vont préparer ta gloire :
Couverts de tes rayons, nos jeunes professeurs,
Vont s'élancer au rang de leurs prédécesseurs :
Je les vois, dévorant et le tems et l'espace,
Au temple de Mémoire à leur tour prendre place :
Plusieurs d'entr'eux déjà, dans leurs vers enchanteurs,
Nous rappellent les traits des plus fameux auteurs ;
Tous briguent à l'envi l'honneur de les atteindre.
Les arts qu'on croit finis sont bien loin de s'éteindre :
La main de la raison les arrache au tombeau ;
Ils vont se ranimer à son divin flambeau,

Et plus purs, plus brillans, dans leur course féconde,
Ils vont faire la gloire et le bonheur du monde.

Du grand Agamemnon le jeune et mâle auteur,
Du Parnasse, à ta voix, franchira la hauteur,
Légouvé, de Racine imitant le génie,
Unira, dans ses vers, la force à l'harmonie,
Et portant Étéocle à la postérité,
Ira joindre son maître à l'immortalité.

Arnaut, dont le talent, qu'avec joie on vit poindre,
Sur leurs pas empressé, s'apprête à les rejoindre ;
Melpomène s'agite en son brûlant cerveau,
Et va nous enrichir d'un chef-d'œuvre nouveau.
Chenier, qu'on vante trop et que trop on critique,
Du temple d'Apollon franchira le portique;
Du choc des factions, son talent dégagé,
Par l'avenir un jour se verra mieux jugé.

Bien d'autres, dont les noms orneraient cet ouvrage,
Du vice corrupteur terrasseront la rage;
Et tenant, sous leurs pieds, ce tyran abattu,
Sur sa tombe asseoiront l'honneur et la vertu.

Oui! siècle, tu verras ces enfans du génie,
Parcourant des beaux arts la carrière infinie,
T'annoncer, t'honorer, avant que tu sois né.

Quant à moi qui te chante, ô siècle fortuné !
Permets qu'un faible auteur, que ton nom seul enflamme,
Borne ici tous les vœux que t'adresse son ame.

Assez d'autres , sans moi , frappés de tes attraits ,
Dans des vers mieux tournés rendront un jour tes traits.
Je ne brigue donc pas leurs titres à la gloire ,
Ni tous les droits qu'ils ont de vivre dans l'histoire ,
Et modeste en ces vers , que m'a dicté mon cœur ,
Dans le moindre écrivain , j'applaudis mon vainqueur.

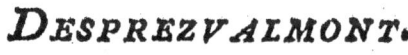

DESPREZVALMONT.

De l'Imprimerie de PELLETIÉ , rue Française , n°. 3,
Division de Bon-Conseil.

www.ingramcontent.com/pod-product-compliance
Lightning Source LLC
Chambersburg PA
CBHW070806200626
46811CB00023B/2466